Ein Zillertaler Bergbauer
und Erinnerungen an einen Krieg

Wilhelm Bair

Ein Zillertaler Bergbauer und Erinnerungen an einen Krieg

Bibliografische Information der Deutschen Nationalbibliothek
Die Deutsche Nationalbibliothek verzeichnet diese Publikation in der
Deutschen Nationalbibliografie; detaillierte bibliografische Daten sind
im Internet über http://dnb.d-nb.de abrufbar.

© 2013 Wilhelm Bair
Satz, Umschlaggestaltung, Herstellung und Verlag:
BoD – Books on Demand
ISBN 978-3-7322-2647-4

Inhalt

Vorwort	7
Anfang	9
Du sollst nicht töten	11
Bergbauernkinder	16
Das Schicksal überlistet	18
Italien 1944	20
Heimat	22
Der Rückzug	23
Die Stimme eines Engels	26
Die Hölle und das Paradies	28
Zillertal, 10. April 1945	30
Zwischen Leben und Tod	33
Liebe	35
Heimkehr	36
53 Jahre und sechs Monate später	40
Zillertal, 19. Jänner 1999	41
Ende	42
Der Autor	43

Vorwort

Diese Kurzbiografie schildert die Erinnerungen eines Zillertaler Bergbauern an den Zweiten Weltkrieg. Es sind die Erinnerungen meines Vaters, die ich mit und für ihn geschrieben habe.

Er war einer von Tausenden streng katholisch erzogenen jungen Männern, die als »halbe Kinder« mehr oder weniger direkt aus dem Kuhstall an die Front kamen, um zu töten.

Jene, die überlebten und zumeist schwer verwundet zurückkamen, bekamen ihr Leben lang nie die Möglichkeit einer psychischen Aufarbeitung. So lebte der Großteil von ihnen ein Leben der Verdrängung.

Spätestens am Lebensabend wurde aber jeder von ihnen von den traumatischen Erlebnissen dieses schrecklichen Krieges wieder eingeholt.

Dieses Schriftwerk bietet einen ehrlichen Einblick in ein Leben mit dem Krieg und der Tatsache, dass der Krieg für jene, die dabei waren, nicht 1945 zu Ende war, sondern sie ein Leben lang begleitet.

Anfang

*»Wenn es Abend wird, betrachtet der Arbeiter sein Tagwerk,
wenn es gelungen ist, wird er zufrieden schlafen,
wenn er glaubt, es falsch gemacht zu haben,
betet er um einen neuen Tag.«*
W. B.

Zillertal, 21. März 2010

Ich habe in meinem Leben fast nie geweint, weil zu meiner Zeit ein Mann nicht weinen durfte. Ich bin 87 Jahre alt, es gab nur wenige Tage, an denen ich als erwachsener Mensch geweint habe. Ich schäme mich aber nicht, diese Tränen vergossen zu haben.

Heute ist einer meiner schlimmsten Tage in meinem nun schon langen Leben. Heute liegt mein Enkelsohn tot in seinem Bett, am heimatlichen Hof. Es war schon absehbar, aber jetzt ist es eine Tatsache, die sich nicht mehr verdrängen lässt. Er ist vor wenigen Minuten gestorben, genau genommen wurde er fast vier Jahre lang vom Krebs zu Tode gequält. Er ist erst 20 Jahre alt, er ist bleich, abgemagert und von den jahrelangen Schmerzen gezeichnet. Dennoch gleicht er unverkennbar meinem erstgeborenen Sohn, den ich, so wie auch ihn, über alles geliebt habe.

Ich beuge mich über ihn und segne ihn. Dann halte ich noch seine Hand, sie ist noch warm. Dann merke ich, dass ich innerlich zusammenbreche. Dieser unschuldige junge Mensch, noch ein halbes Kind. Ich werde weit zurückgeworfen, in eine schon fast vergessene Welt, und in diesem Moment kommen sie zurück, die Schreie von Leningrad, und kein Mensch kann mir helfen.

Ich dürfte es wahrscheinlich nicht aussprechen, aber ich muss. Hätte ich heute die Möglichkeit, die Zeit zurückzudrehen, ich würde jenem russischen Soldaten, welchem die Munition ausgegangen war, eine funktionierende Patrone schenken, weil ich diesen Schmerz nicht mehr ertragen will.

Du sollst nicht töten

Leningrad, 10. Oktober 1943

Die deutsche Wehrmacht, die gefürchtetste Armee der ganzen damaligen Welt, mit dem Ruf der härtesten und brutalsten Soldaten, hat ihre Stellungen vor Leningrad, dem heutigen St. Petersburg, der heute zweitgrößten Stadt Russlands.

Wenn es nicht so traurig wäre und man nicht wüsste, welches furchtbare und eigentlich doch so einfache System uns zu dem gemacht hatte, was wir waren, dann wäre es fast zum Lachen.

Diese so gefürchtete Armee besteht in meinem Umfeld aus mehreren Kompanien von Zillertaler Bergbauern, halbe Kinder, 18 bis 20 Jahre alt. Ich bin mit 19 Jahren einer der Ältesten. Nun liege ich hier auf russischer Erde, »in Verteidigung meines Vaterlandes«, hinter einem neuen MG 42, einer brutalen Tötungsmaschine.

Das hier, das ist nicht mein Vaterland, meine Heimat war bisher das Zillertal, unser Heimathof, die Aste, die Alm und weit weg die Ahornspitze.

Ich möchte hier, in diesem russischen Sumpfland, nicht sterben. Ich möchte nicht wie schon viele meiner Kameraden zerfetzt, blutend und schreiend auf russischer Erde krepieren. Ich habe Angst, ja, ich habe furchtbare Angst, Todesangst, das kann nur jemand verstehen, der es einmal erlebt hat. Ich überlege, einfach zurückzugehen, dann werde ich erschossen und alles ist vorbei. Aber in meiner Heimat? Meine Eltern? Meine vielen Geschwister? Habt ihr schon gehört: »Der Hansl wurde wegen

Feigheit vor dem Feind erschossen.« Nein, dann doch lieber »gefallen in tapferer Verteidigung des Vaterlandes«.

Den ganzen Vormittag schon werden unsere Stellungen von den Russen beschossen. Ich sage absichtlich nicht Feind, weil der Feind, das sind wir. Dieses Land, dieser Boden, er gehört nicht uns, uns gehören die Zillertaler Berge, die ich wahrscheinlich nie mehr sehen werde.

Verkrampft, wie die verkörperte Angst in Wehrmachtsuniform, verkralle ich mich in den Abzug des Maschinengewehrs.

Im meinem Kopf höre ich immer wieder die Worte meines Ausbilders: »Wenn euch der Russe noch lebend erwischt, dann werdet ihr grausamst zu Tode gequält, kämpft, bis ihr tot seid.« Ich war bisher nicht einmal in der Lage, ein Kalb aus dem eigenen Stall zu töten. »Lieber Gott, hilf mir!«

Es ist gegen 14:00 Uhr und es ist eigentlich ruhiger geworden. Plötzlich: »Uhreeeeh«, ein russischer Stoßtrupp mit ca. zwölf Mann stürmt meine Stellung. Zugleich werde ich mit Panzergranaten beschossen. Wie von Geisterhand geführt, schieße ich mit endlosen Salven auf die Angreifer, sie fallen um wie die Strohhalme. Einer steht wieder auf, ich schieße nochmals, er geht zu Boden und kriecht erbärmlich schreiend davon, bis er schließlich leblos liegen bleibt. Mein Gott, diese Schreie, das sind Menschen, sie schreien ganz gleich wie meine Kameraden, diese beinharten Soldaten der deutschen Wehrmacht schreien vor dem Sterben, wenn sie noch Zeit dazu haben: »Mama, Mama!« Dieser Russe, er hat wahrscheinlich auch »Mama« geschrien. Das ist deshalb, weil wir alles noch halbe Kinder sind, wir und die anderen, jene, die wirklich für ihre Heimat sterben.

Weil ich vermute, dass es einem der Angreifer gelungen ist, seitlich durchzukommen, gehe ich etwas aus der Stellung und vergesse dabei, die MP mitzunehmen. Im gleichen Moment wird die Stellung getroffen und das MG halb verschüttet. Ich versuche noch, es mit einem Laufwechsel zu reparieren, verbrenne mir damit aber nur die ganze Hand. Ich schaue nach vorne und sehe, wie einer der durchgebrochenen Russen in einer Entfernung von zehn Metern auf mich zukommt. Ich weiß, dass das MG nicht mehr funktioniert, aber die anderen Waffen waren verschüttet worden. So ziele ich, in der Hoffnung, dass er die Flucht ergreift, mit dem MG direkt auf den russischen Soldaten. Ich werde dieses Gesicht nie mehr vergessen. In seiner Todesangst ist er nicht mehr in der Lage, sich zu bewegen. Ich drücke in der letzten Verzweiflung ab, aber es macht nur »Klick«.

Der russische Soldat bringt seine MP in den Anschlag, ich weiß, dass ich jetzt sterben werde. Er zielt mir nicht ins Gesicht, er wird mir jetzt eine Salve in die Brust schießen. Es ist eine typisch russische MP mit diesen runden Trommeln. Auch er wird mein Gesicht wohl nie vergessen. Er zieht den Abzug durch und es macht auch bei ihm nur »Klick«.

Jetzt muss ich gemäß meiner Frontausbildung das Bajonett ziehen und ihn abstechen. Das kann ich aber nicht, weil dieser Russe mir gegenüber, auch wenn er mich gerade noch töten wollte, ein Mensch ist, dem ich schon ins Gesicht gesehen habe. Ich sehe es in seinen Augen, er hat zumindest gleich viel Angst wie ich. Ich stehe auf, laufe auf ihn zu und überlaufe ihn einfach. Er fällt und springt ab. Ich stehe auf, will mich umsehen und registriere, dass ich nun alleine, abseits der Stellung bin und, mit Ausnahme von zwei Handgranaten, keine Waffen mehr habe. Ich werde nun auf kurze Entfernung von einem weiteren Russen von der anderen Seite her beschossen. Plötzlich fliegt eine Handgranate direkt vor meine Füße, ich stoße sie weg und sie explodiert gleich darauf. Nun werfe ich eine meiner Granaten in die Gefahrenrichtung, der Russe vollzieht das gleiche Szenario und die Granate explodiert abseits des Soldaten, ohne Wirkung.

Jetzt registriere ich eine Detonation direkt auf meiner linken Seite, ich spüre einen Schlag, so als ob mir jemand mit einer Schindel gegen den Oberarm geschlagen hätte. Ich verspüre keinen Schmerz, aber ich merke, dass etwas mit mir nicht mehr stimmt, ich werde schwindlig. Ich ziehe den Splint der letzten Handgranate und wie in Trance halte ich sie fest, in meinem Zustand unendlich lange. Ich weiß, wenn er diese Granate wegtreten kann, bleibe ich für ewig auf russischem Boden. Ich werfe die Granate, sie explodiert, ich höre, noch bevor ich bewusstlos werde, furchtbare Schreie, der Beschuss hat aufgehört. Ich öffne noch einmal die Augen und sehe hinter dem Stacheldraht einen total abgerissenen, blutigen Arm eines Menschen, dann wird es dunkel.

Ich erwachte am späten Nachmittag dieses 10. Oktober 1943 mit teilweise von Granatsplittern zerrissenem und durchschlagenem Ober- und Unterarm. Ich stand auf und torkelte zurück zu den Stellungen. Dort half mir ein Zillertaler Kamerad zurück bis zu einem SanKW, einem Spezialfahrzeug, welches mich über das russische Sumpfland in ein Feldlazarett, hinter die Front von Leningrad brachte. Ich war froh, überlebt zu haben, und ich wusste nun, dass ich mit dieser schweren Verwundung, wenigstens für eine kurze Zeit, die Fahrkarte nach Hause hatte. Ich wusste an diesem Tag noch nicht, dass ich zwar überlebt hatte, aber ein Teil meiner Seele bei den Toten von Leningrad zurückgeblieben war, versiegelt mit meinem und dem Blut jener tapferen Soldaten, die dort wirklich ihre Heimat verteidigt haben und die ich, ich möchte es gar nicht aussprechen, getötet habe.

Ich wusste an diesem Tag auch nicht, wie oft und wie viele Jahrzehnte lang ich den abgerissenen, blutigen Arm dieses russischen Soldaten noch sehen werde und wie oft mich die in Russland zurückgebliebene Seele ruft und mir die Schreie von Leningrad in die Gegenwart sendet.

»Ich habe getötet.«

Bergbauernkinder

Ich bin der Hansl, und ich war auch schon als kleiner Bub der »Hansl«, ich war nie der Hans oder der Hansi. Das ist eigentlich komisch, weil »Hansl« eigentlich nur die Erwachsenenform von Johann ist.

Ich habe fünf Brüder und vier Schwestern, ich wurde ein Jahr nach dem Siegfried geboren, er war der Älteste von uns Geschwistern. Der Siegfried und ich waren beide schon an der russischen Front, als unsere jüngste Schwester, Regina, geboren wurde. Daraus kann man schließen, dass zu Hause das Leben schon in jeder Beziehung weitergegangen ist, während wir versuchten, unsere Heimat nach Osten auszudehnen. Ja, manchmal muss man halt auch ein wenig zynisch sein.

Unser Zuhause, das waren eigentlich zwei Bergbauernhöfe, weil mein Vater zwei Höfe geerbt hatte, nicht zuletzt deshalb, weil viele seiner Geschwister während des Ersten Weltkrieges zu Tode gekommen waren. Zwei Bergbauernhöfe, das ist nicht viel bei sechs Söhnen und vier Töchtern.

Ich habe nicht viele Erinnerungen an meine Kindheit, vielleicht deshalb, weil sie von den vielen Schattenseiten meiner Jugend überdeckt wurden.

An die Schule kann ich mich schon noch erinnern. Wir hatten noch keine Hefte, wir haben noch auf diese Tafeln geschrieben. Diese Tafeln hatten viele Vorteile. Ich habe die Übungen nie richtig gemacht, habe einfach etwas hingeschrieben und dann mit dem Hemdsärmel überwischt, sodass eine Kontrolle wohl nicht wirklich möglich war. In Erinnerung blieb mir auch jener Tag, als wir lernten, die Uhr abzulesen. Nach eindringlichem Unterricht fragte mich der Lehrer: »Hansl, wie spät ist es?« Frech wie ich war, antwortete ich: »Mich wundert es jetzt nicht, wie spät es ist, Herr Lehrer.«

Ansonsten verbrachte ich die Kindheit zumeist beim Arbeiten. Wer mehr leisten konnte, war höher im Ansehen bei Vater und Mutter.

Sehr gut kann ich mich auch noch daran erinnern, dass uns unsere Mutter immer zum Essen gerufen hat, wenn wir auf der Feldarbeit waren. Es war irgendwie schön, wenn sie gerufen hat. Es war schön, ihre Stimme zu hören. Sie rief immer: »Siegfried«, oder »Karl«, oder »Wilhelm«, oder »Seppl«, oder »Franz«, aber meine Mutter rief nie meinen Namen, und ich weiß bis heute nicht warum.

Ich hätte alles dafür gegeben, wenn sie nur einmal auch meinen Namen gerufen hätte.

Das Schicksal überlistet

Nachdem ich noch am 10. Oktober 1943, nach einer längeren Fahrt mit einem Sanitätskraftwagen, in diesem Falle einem speziellen Raupenfahrzeug, über die russische Sumpflandschaft in ein Feldlazarett gebracht worden war, wurde ich dort notoperiert und am nächsten Tag mit einem Flugzeug in das Hauptlazarett nach Pleskau (Pskow) geflogen.

Pskow liegt auf der Hauptverkehrsverbindung vom heutigen St. Petersburg nach Lettland. Um die Bedeutungslosigkeit meiner Person, eines damals verwundeten Soldaten, aufzuzeigen, möchte ich hier erwähnen, dass alleine auf dem Soldatenfriedhof von Pskow heute auf einem Areal von ca. vier Hektar mehr als 16 000 deutsche Soldaten beerdigt sind. Auf dem Soldatenfriedhof vom Leningrader Gebiet, also von St. Petersburg, sind es 43 000 deutsche Soldaten.

Nach wenigen Wochen Genesung im Lazarett von Pleskau teilte mir der zuständige Feldwebel mit, dass es nach der Beurteilung meiner Wunde und der vorgelegten Fieberkurve so sein wird, dass ich spätestens in zehn Tagen wieder an der Front sein werde.

Dieser Feldwebel weiß nicht, was er in meinem Kopf angerichtet hat. Die Aussage, ich werde in zehn Tagen wieder an der russischen Front sein, versetzt mich in furchtbare Angstzustände. Ich werde direkt panisch. Ich bin davon überzeugt, dass der Zufall mir an der Front kein zweites Leben schenken wird. In Todesangst und mit dem Wissen, dass es mich wahrscheinlich meinen Arm kosten wird, nehme ich ein verdrecktes Holzstück und steche und reiße mir die verheilenden Wunden auf. Mein Gedanke ist, dass es nur der linke Arm ist und ich mit dem rechten Arm schon noch etwas arbeiten kann. Bereits am nächsten Tag habe ich eine Fieberkurve, die keine Hoffnung auf eine Genesung zulässt. Aus den Wunden rinnt dicker Eiter und Brandwasser, ich habe starke Schmerzen, aber alles ist besser als der Tod.

Wenige Tage später werde ich in das Heimatlazarett nach Modlin bei Warschau überstellt und von dort gelingt es mir tatsächlich, für Weihnachten eine Fahrkarte nach Hause zu bekommen.

Wie auch immer man diese Sache beurteilen will, sei es Angst, sei es Feigheit, sei es Selbstverstümmelung, ich bin auch heute noch davon überzeugt, dass es mir das Leben gerettet hat; ich wäre wahrscheinlich einer der 43 000 toten deutschen Soldaten von Leningrad.

Italien 1944

Nach einem Aufenthalt bei der Genesungskompanie in Graz kam ich im Frühjahr 1944 in den Italienfeldzug. Dort rückten wir bis kurz vor Monte Cassino vor. Hier möchte ich deutlich erwähnen, dass es mich während des gesamten Krieges niemals interessierte, für wen oder für was wir gerade kämpften. Mein Kampf war immer nur der um mein persönliches Überleben. Ich glaube, den meisten meiner Kameraden erging es ebenso.

Ich habe meine Gegner nie gehasst, egal wie viele Männer den Tod neben mir gefunden haben. Es war eben Krieg für beide Seiten. Dem System war es aber gelungen, aus mir einen Menschen zu machen, dem es nichts mehr ausgemacht hat, auf andere Soldaten zu schießen, auf andere Menschen. Ich glaube, das ist traurig genug.

Nachdem die Alliierten das historische Benediktinerkloster am Monte Cassino in wenigen Stunden total zerbombt hatten, obwohl dort nicht ein einziger deutscher Soldat war, begann ein erbitterter Kampf der Deutschen gegen die Welt. Ich war bei diesen Kämpfen nicht an vorderster Front, ich war Kompaniemelder geworden, mit vielen Vor- und auch Nachteilen.

In diesem Frühjahr 1944 wurden bei dieser Schlacht am Monte Cassino mehr als 100 000 Soldaten verwundet und mehr als 40 000 Soldaten getötet. Mehr als 10 000 deutsche Soldaten traten einen Rückzug an, bei dem sie zu spüren bekamen, dass ein Sieg in weite Ferne gerückt war und das System am Zerbrechen war.

Am Heldenfriedhof von Monte Cassino, so wie auch an vielen anderen Grabstätten, treffen sich auch heute noch Veteranen der Wehrmacht und der Alliierten; man kann dort beobachten, wie sich die einstigen Gegner die Hände reichen und dann gemeinsam nach ihren Kameraden suchen. Das ist eine Geste der Menschlichkeit, die mich glücklich macht und die das beweist, was schon nach dem Ersten Weltkrieg ein weiser Mann schrieb:

»Wenn große Kriege geführt werden, so ist es zumeist ein Kampf des Schwertes gegen den Geist; noch nie hat das Schwert gegen den Geist gesiegt.«

Ist das nicht beruhigend im Hinblick auf die derzeitigen Unruhen in der arabischen Welt?

Heimat

Wenn ein naturverbundener, in eine Bergwelt hineingeborener Mensch, der sich schon sicher war, seine Heimat nie mehr zu sehen, diese beschreiben soll, so sieht das so aus:

In meiner Heimat, da blühen die Apfelbäume schöner als die Rosen im Paradies. In meiner Heimat, da berühren die Berge den Himmel, da weckt dich die Sonne und der Wind treibt dich an. In meiner Heimat, da haben die Menschen Falten und Furchen, aus denen du ihr Leben ablesen kannst. In meiner Heimat, da sind die Tiere, die mit uns leben, Geschöpfe, die einen Namen haben. In meiner Heimat beginnt der Frühling dann, wenn der Kirschbaum blüht und der Auerhahn balzt. Der Sommer beginnt, wenn alles nach frischem Heu riecht. Der Herbst ist da, wenn das Röhren der Hirsche von den Karen über die Almböden hallt. Der Winter ist da, wenn der Gamsbock seinen Rivalen über die Grate durch den Pulverschnee in die Hochtäler jagt und der Mensch Zeit findet, sich etwas auszuruhen.

Das Wasser der Heimat ist Leben, es ist frisch, kalt, würzig; fällt es auf die heimatliche Erde, entsteht neues Leben.

Es ist und war immer mein größter Wunsch, in Heimaterde begraben zu werden; damit werde ich für immer und ewig ein Teil dieser, meiner Heimat.

Der Rückzug

Der Rückzug aus Italien forderte den Soldaten der deutschen Wehrmacht alles ab, was noch übrig war. Wir hatten kaum noch zu essen. Wir machten nahezu jeden Tag 50 Kilometer Fußmarsch und mehr. Unsere Füße sahen nicht mehr aus wie Füße, es waren Lederklumpen mit Schwielen. Viele unserer Kameraden blieben erschöpft und körperlich und psychisch am Ende am Wegrand liegen. Sie baten darum, erschossen zu werden. Das war der Anfang vom Ende.

Auch die Moral der Truppe schien am Ende zu sein. Es war ein schrecklicher Tag, als unser Oberleutnant den Anschein machte, seinen Verstand zu verlieren.

»Herr Oberleutnant, wir sind einfache Soldaten, der Großteil von uns wurde gläubig erzogen, wir können das nicht. Bitte, Herr Oberleutnant, wir können damit nicht leben, was soll denn das für einen Sinn haben?« – Wir sind geschockt. Dieser Offizier, er war doch bisher ganz in Ordnung.

Wir liegen in den Felsen eines italienischen Gebirgszuges. In einer Entfernung von ca 300 Metern unter uns bewegt sich eine Gruppe von ca. 50 Personen. Offenbar sehen auch die Leute uns; sie haben keine Angst, sie verwechseln uns aber mit alliierten Soldaten. Diese Menschen im Tal bilden eine Formation, es sieht ähnlich aus wie eine unserer Prozessionen.

»Wir werden uns jetzt fertig machen und sie beschießen!«, meint er.

Ich nehme ein Fernglas und schaue genau hin. Da ist lediglich ein Mann, er hält ein Kreuz in der Hand. Alle anderen Personen sind Frauen und Kinder, sie haben tatsächlich eine Art Prozession, sie beten für das Ende des Krieges, um Gottes willen?

»Herr Oberleutnant, das sind lauter Frauen und Kinder, nur Frauen und Kinder! Herr Oberleutnant, bitte, wir schießen nicht auf Frauen und Kinder, bitte, nehmen Sie uns nicht die letzte Würde, die wir noch haben!«

Mit einem »Trotzdem sollte man sie eigentlich erschießen« gibt er schließlich nach.

Ich lege mich etwas hin, ich bin sehr müde. Ich habe zwar einige Vorteile als Kompaniemelder, aber immer dann, wenn die anderen schlafen, muss ich gehen. Ich bin körperlich am Limit.

Zwei Tage später:

Ein Obergefreiter versucht, uns und dem Herrn Oberleutnant die Funktion bzw. die Bedienung einer neuen PAK (Panzerabwehrkanone) zu zeigen. Der Oberleutnant geht auf den Soldaten zu und schreit ihn an: »Ein Oberleutnant hat es nicht nötig, sich von einem Obergefreiten unterrichten zu lassen, merken Sie sich das!« Mitten in der Gruppe nimmt er ihm die PAK aus der Hand, setzt sie ohne Worte auf seinem Oberschenkel auf und drückt zu unser aller Entsetzen einfach ab. Dieser Mann hat seinen Verstand verloren. Das Geschoss der Kanone geht nur knapp an unseren Köpfen vorbei und sein Oberschenkel ist bis auf einen Hautfetzen komplett durchtrennt. Das Bein liegt daneben und aus der Hauptarterie spritzt das Blut.

Wir versuchen, durch Abbinden die Blutung zu stoppen. Wie ein Kind fleht er uns an, ihm doch eine tödliche Spritze zu geben.

Mit einem »Das wird schon wieder« verabschiede ich mich, mit der Gewissheit, dass er nur noch wenige Minuten leben wird. Er tut mir trotzdem unheimlich leid, ein grundsätzlich anständiger Mensch am Ende, ein geistiges Opfer des Krieges.

Die Stimme eines Engels

Auf dem Rückzug von Italien hatte ich eines Tages ein sehr sonderbares Erlebnis. Heute, rückwirkend betrachtet, denke ich mir manchmal, dieser Eindruck von eigentlich nur wenigen Minuten war irgendwie ein Spiegelbild meines ganzen Lebens.

Müde und erschöpft sitze ich auf einer Niederung in Norditalien. Weil ich als Kompaniemelder die ganze Nacht unterwegs war, versuche ich jetzt, in den Morgenstunden, ein wenig Schlaf zu erhaschen. Plötzlich höre ich den mir bisher unbekannten, wunderschönen Gesang eines Vogels. Er singt ein unvergessliches Lied. Ich versuche den Vogel zu finden und sehe ihn schließlich, nur wenige Meter von mir entfernt, auf einem Weidenstrauch. Es ist ein ganz unscheinbarer, brauner Vogel. Es ist tatsächlich eine Nachtigall, ich höre zum ersten Mal in meinem Leben eine Nachtigall singen; diese Vögel gibt es bei uns zu Hause nicht. Wie kann so ein kleiner Wicht in einer so schrecklichen Welt ein solch schönes Lied singen? Sind es tatsächlich diese kleinen Dinge des Lebens, die uns manchmal den Mut geben weiterzumachen? Singt dieses Wesen wirklich hier für mich alleine? Nein, unter der Weide liegt ein toter Soldat. Dieser kleine, unscheinbare Engel singt für die Lebenden und die Toten.

Wenige Tage später brach ich aufgrund körperlicher Erschöpfung zusammen. Meine Herzfunktion war am Ende.

Ich wurde zurückgebracht und in das Lazarett nach Beuron transportiert. Dort erkrankte ich zusätzlich noch an einem Tropenfieber. Mein Aufenthalt dort dauerte mehr als drei Monate. Zu Weihnachten 1944 durfte ich nach Hause.
Anfang des Jahres 1945 bekomme ich die Fahrkarte in die Hölle.

Die Hölle und das Paradies

Semmering, 10. April 1945

Hier grub man einst die letzten Kämpfer ein
Die nächtlich uns vom Sternenhimmel grüßen
Sie sollen uns die allerletzte Mahnung sein
Dass Menschen niemals mehr auf Menschen schießen

Heute ist Zahltag, wie wir im Zillertal sagen. Die Russen werden uns heute zeigen, warum ihre Brüder und auch Schwestern vor Leningrad gestorben sind. Eigentlich wissen wir es auch so und niemand braucht uns irgendetwas zu zeigen.

Wir sind sowieso am Ende, körperlich und seelisch. Mir ist alles egal. Was ich in den letzten Monaten, auf dem Rückzug von Italien, gesehen habe, hat mich innerlich kaputt gemacht. Unsere Leute, meine Kameraden, sie sind am Straßenrand krepiert, verhungert und verreckt wie die Tiere. Wie fühlt du dich, wenn dich ein Kamerad eindringlich bittet, ihn zu erschießen, und du überlegen musst, ob du es nicht wirklich tun solltest, weil es ein Akt der Menschlichkeit wäre? Niemals hätte ich leidende Tiere so zurückgelassen.

Ich weiß nicht, wo unser Gott ist, vielleicht in Leningrad, vielleicht in Monte Cassino, vielleicht zu Hause. Vielleicht ist es diesem verfluchten Adolf Hitler und seinen Helfern sogar gelungen, ihn für immer und ewig von dieser Erde zu verbannen. Was hätte er auch hier verloren, wir sind am Ende. Wir sind für den Rest der Welt der Abschaum und heute, heute werden wir geschlachtet und die Welt wird applaudieren, und das nur wenige Meter von der Wallfahrtskirche Maria Schutz entfernt – welche Ironie des Schicksals!

Es geht los. Die erste Panzergranate schlägt ein, mit einer Präzision, die alles übertrifft. Es erwischt meinen Kameraden Hans aus Kitzbühel, Blut und Fleischfetzen fliegen durch die Luft, wir sind panisch, wie die Tiere. Der zweite Granateneinschlag trifft den Peter Busarello, es zerschmettert ihm den Kopf, er ist sofort tot. Er ist am Semmering begraben. Der dritte Einschlag trifft meinen Kollegen aus Salzburg, er dürfte schwer verwundet überlebt haben. Der vierte Einschlag der Panzergranate beendet meinen Krieg. Es wird dunkel, ruhig und friedlich und ich fliege weit, weit weg.

Zillertal, 10. April 1945

Mir ist sehr heiß und es ist einer meiner schönsten Jugendtage. Ich bin nun schon 21 Jahre alt. Ich liege auf der sonnenverbrannten Holzbank vor unserer Almhütte. Es ist einerseits komisch heiß und dann wieder fröstelt es mich, wenn der kühle Bergwind mich streichelt. Die Spitzen der Zillertaler Alpen glühen in der letzten Abendsonne. Am Berggrat, hinter dem Richter, einem großen Felsen, der die Alm bewacht, zieht ein kleines Rudel Gamswild bergwärts ins Nachtlager. Es ist alles so schön ruhig, ich bin ganz, ganz tief in meiner Heimat, da wo ich hingehöre. Dieser Traum, den ich immer habe, dieser Albtraum von einem Krieg, er ist weit weg, er scheint gelöscht zu sein.

Nur unweit von mir steht ein Mädchen und krault den Kopf eines Tux-Zillertaler Rindes, eines meiner Lieblingstiere. Diese Tiere, sie faszinieren mich, sie haben das Gemüt einer Mutter, den Instinkt eines Wildtieres und den Blick einer Göttin.

Aber noch viel mehr zieht mich dieses Mädchen an, sie streichelt langsam über den schwarzen, fast rußig anmutenden Kopf der Kalbin.

Diese junge Frau, sie ist eine richtige Zillertalerin, ein Bauernmädchen, »schlaksig«, durchtrainiert von der harten Arbeit und braun gebrannt. Sie trägt lediglich ein leichtes, kurzes Leinenkleid. Ihr tiefer Ausschnitt lässt mich dann, wenn der Bergwind ihr Kleid bewegt, einen tiefen Einblick auf ihre Brüste nehmen. Sie sind schneeweiß, prall, und wenn sich das Leinen wieder über sie legt, sind sehr gut ihre offensichtlich erregten Knospen zu erkennen, so als ob sie der Wind beherrschen könnte. Plötzlich dreht sie den Kopf auf die Seite und sieht mich an. Sie ist wunderschön. Mit ihren schwarzen, stechenden Augen sieht sie mich an und lächelt mir zu. Der Wind wirft ihr eine Strähne des dunklen Haares ins Gesicht und mit dem Blick einer jungen Zigeunerin winkt sie mir zu und ruft: »Komm her zu mir, traust du dich nicht?«

»Und wie ich mich traue!«, dachte ich gerade noch. Doch als ich zu ihr hingehen möchte, merke ich, dass ich mich nicht bewegen kann. »Nur einmal, nur einmal möchte ich dieses zauberhafte Wesen berühren, ich möchte diese Haut spüren.« Doch ich kann mich nicht bewegen und es ziehen unheimlich schnell Gewitterwolken auf, eines dieser Unwetter im Gebirge, solche, wo Blitz und Donner zugleich geschehen. Und schon trifft mich einer dieser Blitze direkt in meinen Kopf und die Schmerzen sind so groß, als ob es mir den halben Schädel weggerissen hätte. Ein letztes Mal versuche ich noch, nach dem Mädchen zu greifen, und tatsächlich, ich spüre eine Hand. Aber diese Hand, sie ist eiskalt, es ist die Hand eines toten Kameraden. – **Ich bin zurück in der Hölle!**

Ich liege auf einem Wagen voller Leichen und werde irgendwohin transportiert. Ich glaube aber, ich lebe noch. Oder weiß es nur meine Seele noch nicht, dass ich schon gestorben bin? Ich rieche aber noch den Gestank von Leichen, Feuer und Blut. Blut rinnt mir aus den Ohren, der Nase und vom Kopf her über die Augen. Es ist aber schön zu wissen, dass es auch möglich ist, weit weg von zu Hause, wenn auch nur in Gedanken, in der Heimat zu sterben.

Zwischen Leben und Tod

Hauptverbandsplatz Semmering, 12. April 1945

Dieses Kapitel meines Lebens zu beschreiben, ist sehr schwierig. Ich weiß bis heute nicht mehr, welche Wahrnehmungen real waren und welche wohl nur dem Fieberwahn zuzuschreiben sind. Ich weiß auch nicht, welche Schmerzen größer waren, die meines Körpers oder die meiner Seele. Verzeiht, wenn Realität und Wahn in sich verschmelzen.

Obwohl sich schon vor zwei Tagen ein Splitter einer Panzergranate durch den Stahlhelm in meinen Kopf gebohrt hatte und meine Schädeldecke einen Durchschlag in der Größe von 10 x 5 Zentimeter aufweist, macht niemand Anstalten, mir zu helfen. Ich habe lediglich noch immer diesen Notverband, die Splitter, der ganze Dreck, alles steckt noch in meinem Gehirn. Ich habe eine Unmenge an Blut verloren, habe hohes Fieber und Eiter und Brandwasser rinnt mir in die Augen. Ich sehe alles nur verschwommen. Wir haben keine Blutkonserven mehr, wir haben fast keine Medikamente mehr, alle anderen werden notoperiert, nur ich nicht. In den wenigen Momenten, in denen ich annähernd klar denken kann, weiß ich, ich bin einer der Todgeweihten. Ich habe unerträgliche Schmerzen.

Im Fieberwahn mache ich weite Ausflüge, manchmal habe ich das Gefühl, durch Zeit und Raum zu fliegen. Oft sehe ich meine Berge, meine Familie, einen kapitalen Rehbock, ein pfeifendes Murmeltier und, ganz unpassend, gleich daneben zerfetzte und blutende menschliche Körper und Schreie; es sind schon wieder diese Schreie von Leningrad. Diese Schreie, sie sind manchmal Fantasie; wenn neue Verwundete angeliefert werden, sind sie real. Ich bin nicht mehr in der Lage, es auseinanderzuhalten.

An eine immer wiederkehrende Wahnvorstellung kann ich mich aber noch genau erinnern. Ich sehe immer wieder die gleichen geistigen Bilder. Ich fliege über meinen Heimathof, vor dem Bauernhaus steht eine junge Frau und neben ihr sind fünf spielende Kinder. Ich möchte ihre Gesichter sehen, doch alle haben keine Gesichter, ich sehe nur Weiß. Wenige Sekunden später sehe ich einen jungen Mann tot im Schnee liegen; ich erschrecke, weil er mir so ähnlich sieht. Der Schnee um ihn herum färbt sich rot. Sein Schädel ist genau dort eingeschlagen, wo auch in meinem Kopf die Splitter stecken. »Das bin nicht ich, ich will nicht sterben!«, und ich wache schweißgebadet auf.

Einer der Sanitäter gibt mir nun eine Spritze. Ich werde ruhiger. Jetzt mache ich eine schöne Reise, denn dieses braun gebrannte Mädchen lächelt mich schon wieder an; auch sie besucht mich regelmäßig. Aber diese Geschichte gehört mir alleine.

Liebe

Mir wurde manchmal, nie laut, aber im Stillen, unterstellt, meinen erstgeborenen Sohn mehr geliebt zu haben als meine anderen vier Kinder. Was soll ich dazu sagen? Liebe kann man nicht messen, nicht wiegen, nicht anfordern, nicht kaufen. Es wäre wohl zu einfach zu sagen, ich habe fünf Kinder, 100 Kilogramm Liebe, jedes Kind bekommt 20 Kilogramm. Liebe wächst und Liebe schwindet und man hat nur wenig Einfluss darauf. Ich hatte nie bewusst das Gefühl, die Liebe ungerecht verteilt zu haben, aber eine Tatsache ist, er war mir immer nahe. Er hatte am meisten Ähnlichkeit mit mir und er nahm mir schon früh schwere Arbeiten ab. Er war ein starker Mensch, der mir schon in seiner Jugend bei Entscheidungen half, mit denen ich mich als Bauer sehr schwergetan habe. Er hatte Eigenschaften, die mir fehlten, die er wohl von seiner Mutter geerbt hatte und um die ich ihn beneidete. Es stimmt, ich habe ihn über alles geliebt und er war ein Teil meines Lebens.

Zwei Tage vor seinem Tod machte mein Enkelsohn folgende Aussage: »Alles, was am Ende zählt, ist die Liebe. Es gibt ansonsten nichts, was du dir von dieser Welt mitnehmen kannst, außer der Liebe, die du bekommen und die du gegeben hast.«
   Ich glaube, das ist ein würdiger Abschluss für dieses Kapitel.

Heimkehr

Nachdem ich auch nach zwei Tagen im Lazarett noch nicht gestorben war, brachte man mich ins Krankenhaus nach Leoben, wo ich einer vorläufigen Operation unterzogen wurde. Danach legte man mich zum Sterben in ein einzelnes Zimmer. Noch fast in der Nacht, in den frühen Morgenstunden, kamen zwei Männer mit einem Leichensack, um mich einzupacken. Als mich einer dieser Männer angriff, sagte er: »Das gibt's ja nicht, der lebt ja immer noch?!«

Weil man mich nicht lebendig begraben konnte, brachte man mich zu einem Kopfschussspezialisten nach Eisenerz. Dort passierte scheinbar das Undenkbare; ich begann zu genesen und ich kam in das Lazarett nach Goisern.

Als ich zum ersten Mal wieder selbstständig, mit ausgebundenem Kopf, im Waschraum stand, kam ein junger, ebenfalls verwundeter Soldat zur Türe herein. Er sah mich an, sah auf meinen Kopf und fiel bewusstlos zu Boden. Am nächsten Tag wiederholte sich genau die gleiche Szene. Bei diesem Patienten handelte es sich um einen jungen Berliner, welcher sogar mit mir im Zimmer lag. Noch am zweiten Tag kam er zu mir ans Bett und sagte: »Würdest du es mir bitte morgen vorher sagen, wenn du in den Waschraum gehst? Ich kann diesen Anblick einfach nicht ertragen!« Das war für mich nicht gerade tröstlich, aber ich spürte, dass es mir von Tag zu Tag besser ging.

Das Lazarett stand unter der Oberaufsicht der Amerikaner; es ging uns dort nicht besonders gut und wir hatten zu

*wenig zum Essen. Es war deshalb auch mein vorrangiges
Ziel, möglichst schnell nach Hause zu kommen.*

Nachdem man mir Anfang Juli 1945 noch keine Möglichkeit auf eine Heimkehr in Aussicht stellte, behauptete ich, in nur wenigen Kilometern Entfernung eine Tante zu haben, die mich aufnehmen würde. Während des Aufenthaltes im Lazarett hatte ich mir mehrere Paar Schuhe und eine saubere Uniform eingeheimst. So gelang es mir am 18. Juli 1945, das Lazarett zu verlassen. Der kleine amerikanische Leiter versetzte mir zum Abschied noch einen Fußtritt, eine wahre Heldentat.

Ich ging zum Tor hinaus und klopfte nach wenigen Kilometern an die Türe eines Bauernhofes. Man gab mir zu essen und zu trinken und ließ mich auf der Tenne schlafen.

Obwohl man uns eindringlich davor gewarnt hatte, mit alliierten Soldaten Kontakt aufzunehmen, hielt ich am nächsten Morgen den nächsten daherkommenden amerikanischen Jeep an. Sie halfen mir auf die Ladefläche, behandelten mich, den Feind, wie einen Kameraden ihresgleichen, gaben mir Essen und Trinken und brachten mich bis nach Salzburg. Von dort fuhr ich mit dem Zug in Richtung Heimat.

Am 19. Juli 1945, gegen 17 Uhr, steige ich am Bahnhof meines Heimatdorfes aus der Zillertalbahn. Ich werde von niemandem empfangen, aber ich habe das Gefühl, ein König zu sein. Anstatt der Krone habe ich einen dicken Verband und anstatt des königlichen Gewandes eine alte Wehrmachtsuniform. Kein Mensch kann sich vorstellen, wie ich mich darauf freue, einen Rechen oder eine Sense in den Händen zu halten und in Ruhe und Frieden arbeiten zu dürfen.

Es gibt eigentlich zwei Wege, die zu meinem Heimathof auf den Berg führen, einen direkten und einen etwas längeren über kleine Weiler. Obwohl ich noch sehr schwach bin, gehe ich den längeren Weg; ich will alles wieder sehen, die Höfe, die Menschen und die Tiere.

Am Brunnen vor einem der größeren Bergbauernhöfe mache ich eine kleine Rast. Bevor ich trinke, streiche ich mir mit beiden Händen das Wasser über mein Gesicht. Es ist ein unbeschreibliches Gefühl, Wasser aus den Quellen unserer Berge. Plötzlich spüre ich, dass ich beobachtet werde. Ich drehe mich um und sehe am Gartenzaun ein, wie wir sagen, »halb gewachsenes Mädchen« stehen, vielleicht zwölf oder dreizehn Jahre alt. Mit ihren schwarzen Augen sieht sie mich an, als ob ich ein Außerirdischer wäre. Als sie merkt, dass ich sie ertappt habe, geht sie ein paar Schritte zurück und hält sich an einer Zaunlatte fest. Es scheint fast so, als ob sie Angst hätte.

»Hoffentlich hat man ihr nicht wehgetan«, denke ich mir. Dieser Krieg, die Besatzung, die Soldaten, die Gefangenen, da ist sehr viel passiert. Ich mache mich wieder auf den Weg, schau noch einmal kurz zurück und sehe, dass mich dieses Dirndl noch immer beobachtet.

Etwa zehn Minuten später treffe ich auf zwei junge Frauen, die in der letzten Abendsonne noch Heu zusammenrechen. Als mich eine davon sieht, kommt sie auf mich zu. »Hansl, du«, sagt sie, »du bist also doch nicht gestorben?« Sie sieht sie mich mit großen Augen an. »Nein«, sag ich, »aber lass mich nur einmal kurz deinen Rechen halten.« Lächelnd drückt sie mir den Rechen in die Hand und meint: »Du kannst auch ruhig weitermachen.«

Als ich mich mit einem »Pfiat enk« verabschiede, ruft sie mir noch frech zu: »Wenn du vielleicht außer diesem mageren Rechen einmal etwas Handfestes halten möchtest, dann sag es mir, der Krieg ist vorbei.«

Aha, von Weitem sehe ich unseren Hof, **ich bin daheim.**

53 Jahre und sechs Monate später

Es würde wohl ein langes Buch werden, mit vielen Höhen und Tiefen, würde man diese Zeit beschreiben. Kurz gesagt, es war mir gelungen, mithilfe meiner Frau und meinen fünf Kindern, die nur allzu früh sehr schwer für uns arbeiten mussten, eine kleine Existenz aufzubauen.

Alle meine Kinder wurden fleißige, anständige Menschen. Der Hof wurde von meinem erstgeborenen Sohn und seiner Familie bewirtschaftet, und ich hatte auch schon alles rechtzeitig übergeben. Meine Frau und ich arbeiteten noch mit, so viel wir eben noch konnten. Wir waren zufrieden.

Zillertal, 19. Jänner 1999

Mein zweitgeborener Sohn steht vor mir, er sieht mich an und schaut mir direkt in die Augen. Noch bevor er den Mund öffnet, weiß ich, dass jetzt etwas kommt, was er mir nicht sagen will, aber tun muss.

»Der Hans ist tot, er kommt nie wieder!«

Neben mir steht dieses »halb gewachsene Dirndl vom Gartenzaun«. Sie schaut mich ängstlich mit ihren schwarzen Augen an, sie füllen sich mit Tränen. Heute, ja heute hat man ihr wehgetan. Es ist auch ihr Sohn, der getötet wurde. Dieses Mädchen von damals ist seit 43 Jahren meine Frau.

»Ich sehe einen jungen Mann im Schnee liegen, er ist mir sehr ähnlich, sein Schädel ist eingeschlagen, das Blut färbt den Schnee rot, der Mann, der da liegt, das bin nicht ich, aber das ist ein Teil von mir.«

Er wurde getötet, fahrlässig getötet von Menschen, die für das Streben nach Geld und Macht das Leben anderer Menschen in Kauf nehmen.

Aber für jeden kommt der Abend, an dem er sein Tagwerk betrachten muss. Leider kann ich diesen Leuten nicht verzeihen, aber ich bete für sie, um einen neuen Tag.

Ende

Es ist Abend geworden, und mein Tagwerk ist vollbracht,
es ist gelungen, ich werde zufrieden schlafen,
man hat mir viele neue Tage geschenkt!

Ich werde dorthin gehen, wo mein Vater und meine Mutter auf mich warten. Meine Mutter, sie wird laut meinen Namen rufen.

Jene tapferen Soldaten, die ich getötet habe, sie werden auf mich warten, ich werde ihnen entgegentreten und sie werden alle ein Gesicht haben. Ich werde mich bei ihnen entschuldigen.

Danach nehme ich meinen Sohn mit der rechten Hand und meinen Enkelsohn mit der linken Hand. Wir werden gemeinsam in eine Richtung dem Licht entgegengehen. – Dieser schwarze Jagdhund, der neben meinem Sohn fröhlich mit dem Schwanz wedelnd läuft, er weiß schon, wo es hingeht.